KB025622

우리는 모두 무엇인가 되고 싶다

우리는 모두 무엇인가 되고 싶다

윤경옥 시집

북앤피플

시인의 말

산다는 것은, 봄이 진 자리마다
붉은 열매 돋아나기를 기도하는 일

들판에 핀, 자운영꽃 토끼풀꽃
네잎 풀잎을 찾아 헤매는 일

오늘 봄볕처럼 마음 환해지는 것은
시집 갈피에 시(詩)처럼 누워 있던
너를 만났기 때문일까

산다는 것은 때로,
늙은 나무의 지친 허리에 기대
날아가는 새를 바라보며 쉬어가는 일

2020년 8월 윤경옥

우리는 모두 무엇인가 되고 싶다

1부
유년의 기억

2부

접어둔 편지

3부

자전거를 타는데

4부
길 위에서

1부

유년의 기억

술래잡기

엄마에게
야단맞은 날

나는
철이네 굴뚝 옆에 숨는다.

아궁이의 따스한 불빛

하늘에 별이 총총하도록
엄마는 나를 찾지 못한다.

언제나
나를 찾는 술래는
일 마치고 돌아온 아버지

하늘의 별빛보다
아궁이 불빛보다 더 따스한
술래가 된
우리 아버지

그 아이, 첫사랑

선생님이
출석을 부를 때
아이들 이름이 작은 활자가 되어
눈앞에 팔랑팔랑 날아다닌다.

선생님이
그 아이 이름을 부를 때
갑자기 그 애 이름은
크고 진한 고딕체가 되어
둥실 떠오른다.

순간 가슴이 졸아든다.
내가 본 것을, 내 마음을
남들도 보았을까봐.

영희

영희야
너는 힘들고 외로울 때
어떻게 하는데?

오래된 시장에 놀러가.

쪼그려 앉아 냉이 파는
할머니 터진 손등에
슬퍼져서
나를 잊어버리거든.

작은 트럭에
향긋한 사과를 가득 싣고
'맛있는 사과 사라'고
외치는 아저씨 목소리에
나도 힘이 나거든.

우리 할머니

글을 모르시던 우리 할머니
내 생일은 어떻게 기억하시는 걸까.
'내일 모레 우리 강아지 생일이구나,
수수팥떡 해 줘야겠네!'

남쪽 작은 섬,
우리 할머니 닮은 어느 할머니
글 배우러 알록달록한 가방 메고
학교에 가신다.

다시 할머니를 볼 수 있다면
다시 우리 할머니를 만날 수 있다면

나도 할머니 손잡고
학교에 가고 싶다.
우리 할머니 글 배우시게.

대추와 호두

엄마와 함께 중국 남경으로 간 여행길
가이드 아저씨가 사탕 한 봉지를 주셨는데,
사탕은 아니고,
잘 익어 붉고 큼지막한 대추 속에
샌드위치처럼 들어가 있는 호두
대추는 달콤하고 호두는 고소한데,
꽃 피고 열매 맺고 가을 햇볕에 다 익어가도록
대추와 호두는 서로 모르는 사이였는데,
누가 이런 향기로운 만남을 마련한 걸까.

할아버지

할아버지가 돌아가셨다
시든 꽃잎이 되어
먼 길을 떠나셨다.
고목처럼 말없이 앉아 계신 모습이
슬픔이 되고, 바람이 되더니

국화꽃 속에 묻혀
젊은 모습으로 웃고 계시네
슬픔은 밝은 햇살이 되어
영원히 평화로운 안식이 되었구나.

수많은 매미들이 그 숲속에서
할아버지를 뜨겁게 보내드리는
쉼 없이 노래하는 여름이었다.

아기 마음도 모르고

일곱 살 아기가 운다
함께 숨바꼭질 하는 엄마가
너무 빨리 찾아서 재미없다고

"엄마가 되어 가지고
못 찾는 척 할 줄도 모르고……."
하면서 운다

그렇구나
나는 엄마인데,
아기 마음도 모르고

우리 집 황소

황소에게도
마음이 있다

밭 갈러 갈 때와
집으로 돌아올 때
발걸음이 다르다

돌아올 때는
겅중겅중
가볍게 온다

수돗물

고맙다
설거지할 때마다
따뜻해져서
풍선처럼 부푸는 내 마음
맑은 물, 너에게

작은 종지거나
커다란 막사발이거나
간장을 묻혔거나
밥알이 붙었거나

놀이터에서 놀다온
개구쟁이처럼 더러워진

잔치의 뒤,

마침내
말갛게 씻긴 얼굴로
반짝이는 등으로
나란히 눕네

네팔 소년

조로록조로록
울면서 간다.

예쁘게 차려 입고
새 신발, 새 가방 메고
학교 가는데
7살 네팔 소년
울면서 간다.

“아빠가 사 준
새 신발, 새 가방은 다 있는데
아빠만 없어”

한국에 돈 벌러 간 아빠
4년 만에 겨우
만나고 왔는데

여기 아빠가 없어
아빠만 없어

울면서 학교에 간다.

사슴보다 더 예쁜
눈으로

물음표

오늘
선생님이 알려주셨어요
물음표를 뒤집으면
낚싯바늘이 된다고
생각을 낚는 낚싯바늘이라고,

아하, 그렇네요.

우리들이 다리 사이로 세상을 보면
맑은 하늘이 청량한 들판이 되고
초록 들판은 눈부신 하늘이 되듯이

어느 봄날

산과 들과 마을에
줄지어 핀,
샛노란 개나리들은
꽃샘바람에게 보내는
노란 신호등
깜짝 놀란 바람은
어디론가 숨어버리고,
온 세상
비단 같은 햇살이
가득 내리네

무엇이었을까

학예회의
왁자한 즐거움이 끝나고
어둡고 아무도 없는
소나무 숲길을 지나
혼자 집으로 가는데

달걀귀신이 따라왔다
때그르르
돌아보면 보이지 않고
뛰어가면
나는 듯이 굴러 따라왔는데

바람도 으스스 추운 저녁
보이지 않는 달걀귀신이
따라온 것은
어둠 때문이었을까
쓸쓸함 때문이었을까

꿈

풀벌레 우는 밤에
꿈속에서 우리 선생님은
시를 쓰셨고

비 오는 여름밤에
꿈속에서 나는
어려운 수학 문제를 풀었는데

어느 날 밤
옆집 배부른 현이 엄마는
사과밭에 빨간 사과 가득 열린
꿈을 꾸셨다니
사과 닮은 예쁜 아기 낳으시려나

우리는 가끔 마법사가 되어
꿈길에서 꿈을 이루네

완두콩

완두콩은
우리와 똑같아,

한 꼬투리에서 나와도
어떤 놈은 크고
어떤 놈은 작고

숨은 그림 찾기

회갈색 나뭇가지를
들여다본다
잎을 떨군 앙상한 가지들이
팔 벌리고 있는데
나뭇가지 속 깨알 같은 눈이
나를 보더니
구불렁, 선을 그리며 도망간다
자벌레였네.

시원한 냇물 속을
들여다본다
물빛이 투명하게 맑아
너른 모래밭이 훤히 보이는데,
도도록한 작은 언덕
툭- 건드리니
꿈틀, 나비 같은 지느러미로 달아난다
모래무지였네.

이사

아주 오래 전
처음으로
익숙한 것들과 이별할 때
한낮의 햇살에 짤막해진 그림자
수줍은 얼굴로 흔들리고

마을 입구 느티나무
늦가을 바람에 몸을 말리며
그늘진 눈으로 우리를 바라보았네

새로 난 길에는
싸락눈 같은 먼지가 날리고
짐 실은 트럭 위에 쪼그려 앉아
멀어져 가는 산과 들, 이웃 사람들
흐려진 눈으로
닻을 감아올렸지

2부

접어둔 편지

접어둔 편지

시골 마을을 지나노라면
산새 둥지처럼 작은 우체통을
어쩌다 마주칠 때가 있다
삼각지붕 아래, 파란 잔디밭에
외다리로 위태롭게 서 있는 붉은 둥지
안쪽에 깊게 밀어두었던 기억들이
바싹 마른 찻잎에 물 부어올리듯 떠오른다
찻물처럼 향기롭게, 풍성하게

나는 산새처럼 작아져 빨간 문을 열고
시간을 거슬러간다

'오늘도 우체국 창문 앞에서'
먼 곳의 연인에게 편지를 쓰던
애달픈 시인, 청마 유치환이 거기 있었다
나는 시인의 어깨에 앉아
그의 시를 읽고 또 읽는다

낮고 허름한 집 안마당에 떨어져 있던
국군 병사의 꽃잎 같은 편지도 보인다
열 살짜리 작은 아이에게 보내온 긴 편지
골 깊은 삶에 답장하지 않았던 회오가

편지지 위에 푸르게 물들어 있었다

저 먼저 세상을 떠난 친구가
봄, 여름, 가을, 겨울 잊지 않던 짧은 편지도
소복이 쌓여 있다
지나가는 바람에 복사꽃 지듯이
다시 열어 보지 않은 지 오래,

모든 그리움에 발걸음 멈추고
빠르게 돌아가는 세상을 느리게 돌아본다
느리게 걸어본다
하늘 끝에 걸린 낮달이 나를 훔쳐보고
빨간 우체통은 한결같이 그 자리에서
어쩌면 자전거를 타고 낡은 가죽가방을 메고 오시려나
집배원을 기다린다

우리는 모두 무엇인가 되고 싶다

우리는 모두 왜 살고 있는지 알고 싶다.
어디서 와서 어디로 가고 있는지 알고 싶다.
마침내 어떻게 살아가야 할까를 생각한다.
'내가 되고 싶은 나'는 무엇일까 생각한다.
우리는 모두 무엇인가 되고 싶다.
때로는 내가 있어야 할 자리에 심겨진 나무가 되고 싶다.
그 자리에서 봄, 여름, 가을, 겨울을 바라보고 싶다.
때로는 그 나뭇가지에 앉아 있는 작은 철새가 되고 싶다.
우리 모두, 우리 마음의 소리에 귀 기울여보라.
우리는 모두 무엇인가 되고 싶다.

아버지

민들레 노란 꽃이 사방에 피어
밤길 환한 봄밤이거나
달빛이 더욱 푸르고
귀뚜라미 오래도록 우는 가을 저녁이거나
멀리서 '보리밭' 노랫소리 유장하면
그건 나의 아버지
그가 시인이나 소설가가 되었더라면.

'보리밭 사잇길'이 아니라
작고 낮은 집들이 겸손하게 엎드린
골목길을 슬쩍 휘청이며 걸어오시는데
우리는 맑으면서 우렁우렁한 노랫소리가
골목을 울리는 게 부끄러워 몸을 숨기고
일장춘몽의 한세상
아득한 꽃향기 같았던 아버지

포로수용소 담 밑에도 제비꽃,
가끔 그의 기억 속에 돋아나고
세월은 창문 너머로 지나갔는데
외줄 타듯 고단했던 짧은 생을 건너
아버지, 어디로 가셨을까

오늘 밤에도 별 하나가
우리를 내려다본다

우리 경이의 일기

한 귀퉁이에 빨간 글씨로 선생님은 이렇게 적어 놓으셨다. '너의 일기를 읽으면 어느 훌륭한 사람의 어린 시절을 보는 것처럼 재미있고 아름답구나!'

일기 속에서 우리 경이는 시인도 되고, 화가도 되고, 개구쟁이 동생의 의젓한 누나로, 동화를 들려주는 선생님도 된다.

일기 속에는 계절이 지나가는 아름다움과 추억이 있고, 친구와 부모님과 선생님을, 올챙이와 풍뎅이, 도토리와 졸참나무를 생각하고 사랑하는 착한 마음과 다짐이 담겨 있다.

우리 경이의 일기에서는 사과꽃 향기도 나고, 가을날의 잘 익어가는 단풍나뭇잎 냄새도 난다.

저녁에

집으로 돌아가려는 걸까.
온통 붉어진 해님

버스정류장에도
붉은 그늘이 번진다.

'섬 그늘에 굴 따러 간
엄마'를 기다리던
섬집 아기처럼

집을 보던 아이가
그 그늘 속에 쪼그려 앉아 있다.

길 저편에서
버스는 오고
또 가는데,

아이가 기다리는 버스는
언제쯤, 어디쯤 오고 있는 걸까.

어머니

기차를 타고 가는 길은 멀었다
네모지게 잘려진 풍경 안에
시름에 안겨 수그리고 가는 사람들도 보이고,
고향을 떠나온 자작나무 숲
먼 하늘을 향해 야윈 손을 흔드는데
이따금 새도 날아간다.
잃어버린 것은 모두 간절한 그리움,
겨울비에 젖어 슬그머니 얼어붙은 비탈길
그 사이로 추락하는 가랑잎
담은 높아지고 마음은 검게 졸아든다.
소리 없이 허물어지는 시간
먼지처럼 앉아 계신 어머니,
그래도 병실 창문을 넘어오는 햇살 한 줌
우리의 얼굴을 문지르고, 손등을 쓰다듬는다
언젠가 비탈길도 녹이고, 담장도 낮출 것인가
마음에 햇살이 섞여 휘저어진다

어느 젊은이의 죽음

수도원*에서 본 짧은 영상
청상과부 어머니는
'아버지는 사우디에 돈 벌러 갔다'
하신다.

기억에도 없는 아버지를 기다리며
그는 들풀처럼 자랐다.
이름 모를 들판에서
꽃도 피우고, 씨앗도 품고
바람이 불어가도 다시 일어서는
들풀인 줄 알았다.
들풀인 줄 알았으나
들풀조차 되지 못한 그는
풀잎에 맺힌 작은 물방울

어머니 손을 잡고 오래
살고 싶었건만
시월의 창밖 하늘에는
주홍빛으로 익은 감이
가득 열려 있었건만

목숨은 때로 왜 이렇게 가벼운가.

*경상북도 왜관에 있는 베네딕도 수도원

콜베 신부*

아우슈비츠 수용소
모서리 닳아지며 낡은
주인을 잃어버린 신발 수만 켤레
저마다의 이야기가 세월에 삭아
같은 빛깔로 무표정하다
거기 살았던 수인번호 16670
어느 것이 콜베 신부의 신발일까

남을 위해 목숨을 내놓은
그 마음에 손을 얹어 보아도
그의 믿음과 소망을 그의 사랑을
온전히 헤아릴 수 없고

살아남은 자는 삶이 무거워
해마다 붉은 꽃으로 피고
가끔 눈물을 흘린다

창살 사이로
해가 지고, 달이 뜨고, 새벽이 오고
마르고 마르며 저물어가던 그는
육신을 그곳에 묻고
영혼은 우리들 가슴에 심어 놓았구나

* 콜베 신부(1894~1941)
  폴란드인.
  2차 세계 대전 당시 유대인을 돕다 체포되어 아우슈비츠 수용소에서, 다른 사람을 대신하여 아사했다.

오월의 밀밭에 종달새 되리

할머니는
기댈 수 있는 언덕이었다
말갛게 툭툭 불거진 손으로
그의 등을 두드리시면
능소화 꽃잎 빛깔로
그의 가슴에 물이 들었었다

이제 할머니는
기억을 잃어버리며 작아지고 있다
물살에 홀로 흔들리는 작은 섬

현실과 상상의 경계도 허물어지고
세월의 무게도 줄어들었다

가벼워진 할머니는
오월의 밀밭에 종달새가 되어
하늘 높이 날아갈 꿈을 꾸면서
자주, 강보에 싸인 아기처럼
손가락 물고 잠드셨다

대성리 벚꽃길에서

벤치에 꽃잎이 앉아 있었다.
나도 꽃잎처럼 앉아서 강물을 바라보았다.
흐르는 강물 위에도 꽃잎들이 한 잎 두 잎 내려앉았다.

매화나무였구나

아파트 마당에
심심한 나무 두 그루
몇 년이나 벚나무인 줄 알았습니다
수줍게 선 자리, 응달이라서
벚꽃 필 때 저도 벚꽃인 양 꽃을 피우고
벚꽃 질 때 저도 눈물인 양 꽃을 떨구고
뻐꾸기 울음소리 사방에 들리는 요즘
어느새 초여름인가
올려다본 나뭇가지 사이로,
이파리 뒤에 숨어 고개만 내민
솜털 보송한 말간 얼굴
'너 매실이구나!'
짧은 줄에 매달려 완두콩처럼 반짝이는
버찌가 아니었네요

내 마음이 놀라 붉어졌습니다

오월의 벚나무

길을 가다
발걸음 멈추고
벚나무 등줄기를 쓰다듬는다
꺼끌하다
이른 봄의 눈부신 추억은 사라지고
사람들은 무심히 네 곁을
지나가는데
겨울바람에 터진 몸
여름벌레가 물고 간 자국
세상에 상처 없이 이루는 일은 없구나
오월의 벚나무
그래도 연푸른 잎새는 여전히 아름답다

자화상

늘 걸었습니다, 천천히. 때로 마주치는 막다른 길, 길이 끝난 곳에도 봄은 내려와 노란 꽃이 이정표인 양 깜박입니다. 그림자 함께 돌아서면 거기 또 길이 있었습니다.

사랑이 시든 줄 안 곳에도 새순은 돋아, 부드러운 햇살을 품고 걸었습니다. 먼 길을 걸어, 내 삶은 묵은 술처럼 깊어졌는가. 산철쭉처럼 향기로워졌는가. 산사의 독경소리에 영혼은 맑아졌고, 가끔은 풍수원 성당에 들러 십자기 짊어지고 언덕길 오르는 예수님을 만났습니다.

청명한 날에는 백담사 가는 길에 비껴가던 구름, 어느새 다가온 아름다운 가을 풍경 속에서 지나간 시간을 가만히 돌아봅니다.

다시 태어난다면

-작은 음악회에 다녀와서

푸른 산과 들에 마을에 연두빛 새순을 가진, 내 빛깔 내 모양의 나무로 살고 싶다. 꽃이 피면 새들이 그 곁에 앉아 봄날을 노래하고, 사계절 불어가는 바람은 가을을 물들이며 여름날의 이야기를 들려주고, 떨어지는 나뭇잎은 행인의 시름겨운 어깨를 다독이는 뿌리 깊은 나무가 되고 싶다. 커다란 나무가 되어, 눈 내리는 겨울밤 또는 안개에 젖은 새벽, 집집마다 밝혀지는 등불을 따뜻하게 바라보리라.

어쩌면 그 나무 꼭대기에 잠시 쉬어가는 철새가 되고 싶다. 꽃나무 가지마다 옮겨가며 향기 묻힌 새 한 마리 되어 드넓은 창공을 날아, 가보지 못한 세상 끝까지 가고 싶다. 짧은 목숨을 품고, 동백꽃 툭 떨어지는 섬도 지나고, 샛노란 잎새 머리에 인 은행나무 숲도 지나고, 사막을 건너, 먼 바다를 지나 또 다른 기다림이 있는 곳으로 끝없이 날아가리라.

혹여 사람으로 다시 태어난다면, 기타치고 노래하는 베짱이로 살고 싶다. 유럽, 어느 거리의 이름 없는 악사라면 또 어떤가. 우리들의 마음에 후두둑 불어가는 숨결도 되고, 위로가 되고, 눈물도 되는, 노래 잘 하는 베짱이로 살고 싶다. 창가에 앉아 하루 종일 하모니카 부는 날도 있으리라.

하늘로 간 연이 엄마

연이는 엄마가 없다.
몇 해 전 꽃길 따라 하늘나라로 가셨다.

연이는 엄마가 가시는 길이 꽃길이 되라고
찰흙꽃을 빚어 엄마 옆에 두었었다.
연이의 슬픔은 꽃이 되었다.

연이는 하늘에 보이는 모든 아름다운 것들은
모두 엄마라고 믿는다.

연이를 두고 간 엄마는
저녁노을이 되기도 하고 뭉게구름이 되기도 한다.
때로 별들 사이로 눈송이가 되어 내린다.

가엾은 붉은머리오목눈이

산새라도
둥지를 짓지 못하는 뻐꾹새는
붉은머리오목눈이 둥지에
몰래 알을 낳고
풀숲에 숨어
뻐꾹뻐꾹 우네.

붉은머리오목눈이
남의 알인지도 모르고
뻐꾸기 알을 품었는데
아기 뻐꾸기가 엄마 뻐꾸기를
따라 날아가면
잃어버린 아기새를
여름내 그리워하며 우네.

가을날의 은행잎

어느 날 아침 눈을 뜨니 은행잎이 모두 졌어요. 간밤에 내린 비가 그랬나 봐요. 한동안 선명한 노란색으로 모두를 설레게 하더니 한꺼번에 수북이 떨어졌어요. 쌓여 있는 은행잎을 밟으며 걸어보다가 자전거 페달을 밟아 그 길을 따라 먼 길을 가요. 가을이 저만치서 천천히 다가오더니 어느새 또 가고 있네요.

햇살과 바람과 비가 보듬어 잘 익어간 가을날의 은행잎은 봄날의 벚꽃잎과 닮았어요. 한 자리에 모두 모인 아름다운 빛깔도 그렇고, 어느 날 한번에 후두둑 지는 모습이 닮았어요. 한 잎 두 잎 따로따로 떨어지는 꽃들은 오랜 시간 내게 슬픔을 느끼게 하지만, 가을날의 은행잎은 생명의 아름다움과 소멸의 장엄함을 보여주네요.

지인이 선물한 화분*

나는 아직 네 이름도 모르는데
어느 날 갑자기 무거운 몸으로
슬그머니 내 방에 들어와
방 안을 향기로 채운다
식탁 위에 놓인 제주산 감귤처럼.
나는 네 노란 테 두른 푸른 잎이
향기인 줄 몰랐다
우리 아직 통성명도 하지 않았는데
나는 너를 믿고, 깊고 편안하게 잠들었지
푸른 밤이었다
믿음은 향기의 다른 이름이었구나
네가 그렇다고 말하면
그것은 나의 나침반이 되고
나는 노를 저어 망망한 대해로 나갈 수 있다
푸른 밤에, 푸른 꿈을 꾸면서

* 산세베리아

황태

명태여~
두고 온 고향을 못 잊어서
잘 때도 두 눈을 뜨고 있건만
키 작은 어부들이 사는 고향 바다에
살아서 돌아오지 못하고
용대리 산간마을에서 얼었다 녹았다
황태가 되어, 쏟아지는 눈발 속에
산사의 풍경처럼
외로이 걸려 있구나

3부

자전거를 타는데

자전거를 타는데

가물가물 연두빛
눈이 부시네
풀이 돋아나나봐

졸졸졸 맑은 소리
귀가 씻기네
시냇물 잠이 깨나봐

노오란 아지랑이, 바람을 타고
봄이 오나봐

산

겨울 산의 나무는
알 수가 없다.
누굴까.
누가 벚꽃나무인지
누가 단풍나무인지
가끔은 모두 함께 새하얀 눈꽃을 피울 뿐
바람소리만 그 사이로 지나갈 뿐,

봄이 되니
온 산이 술렁인다.
'나 벚나무야'
'나는 상수리나무야'
온통 소곤소곤 여러 빛깔로
순한 연두빛으로
온 산이 피어난다.

봄

아파트 담장가에
산수유 빨간 열매
조랑조랑 달려 있네

산새들, 겨울새들
겨우내 먹고도
아직 붉은 열매 저리 많은데,

노란 꽃은
이제 피려고 하네

산수유 노란 꽃이
피려고 하네

하얀 목련

한 송이 한 송이
따로따로 피는 게 아니라
커다란 나무가
한꺼번에 꽃을 피우고 있네

흰 두루미 가득 날아와
앉아 있는 것 같네

누가 먼저

나무들 사이에도 순서가 있다
누가 먼저 꽃을 피워야 하는지
누가 먼저 새순을 틔워야 하는지
모두가 부산해 보이는 봄날에도
아직은 회갈색의 맨몸을 드러낸 채,
말없이 기다리고 있는 나무도 있다

이팝나무

이제 이팝나무 차례인가 보다
목련도 지고, 철쭉도 진 자리에
가로수 이팝나무가 밥풀 터트리듯이
하얀 꽃을 피우고 있다
온 세상이 다시 한번 환해진다

비 오시네

바람이 분다
아름다운 나뭇잎이 소리내 웃는다

촉촉한 바람이 분다
구름이 내려와 낮은 산등성이에 걸린다

산에서 마을로 바람이 분다
메마른 대지를 두두둑 다독이며 비가 내린다

봄비 오신 뒤

봄비 오신 뒤
이슬 품은 풀냄새
마알간 바람

물안개 피는
강가의 이른 아침
뻐꾹새 우네.

풍경

연잎에 앉은
청개구리 한 마리
풍경화 한 점

오월

오월에는 아침마다 어디선가
강물 냄새 품은 바람이 불어온다.

안 뜰의 앵두나무 잎새는 햇살처럼 손을 흔들고
점박이 무당벌레는 돌멩이 등에 엎드려 졸고 있다.

오월에는 조롱조롱 꽃이 핀 밀밭 사이로
종다리도 하늘 높이 날아오른다.

유월의 아침

밤새 빗소리 들리더니
이끼 낀 나무 등걸, 공원의 나무들
푸른 잎사귀도
깨끗이 씻긴 아침
코끝에 맑은 물방울이 맺힐 듯
청명한 바람이 슬며시 불어오고
그 길을 걸어가는 나는
티끌 하나 없이 투명한 공기 속에
헤엄치는 한 마리 물고기가 된다

벚나무 열매

비는 오시는데
아스팔트, 시멘트 도로에
염소똥보다 작은
까마중 같은 벚나무 열매가
우수수 떨어져 있네.

사람들은 밟고 지나가고
자전거 바퀴에도 깔려 으스러지고,
생명을 품고 있으나
싹을 틔우지 못하고

아스팔트 위에, 인도에 뒹굴다가
빗물에 쓸려 하수구에 빠지거나
담 옆으로 치워져
한 계절을 마감하네.

살구

그 살구나무 아래
수많은 살구가 흩어져 있다
바람조차 불지 않는 한여름
멀리 가지 못하고 후두둑
풀밭에 숨죽이고 누워 있는데

그 속절없는 살구 몇 알 집어드니
손바닥을 물들이는 순한 살구빛
어제 저녁 아파트 지붕에
잠시 걸려 있던 노을 같은 살구빛

옥수수

바람도 쉬어가고
이슬도 머물다 가는
너른 밭에서
곧은 줄기, 푸른 잎으로
가지런히 자라다가

푸른 옷소매 속에
매끄러운 노란 옥구슬로
촘촘히 영글어
또 가지런히 익어가던
옥수수

어느 날
푸른 나무가 늘어선
시골길 여기저기
또는 도심의 골목골목,
소박한 양은솥에서
달콤한 너를 만나면

그때 비로소
찬란한 여름이 온다

수박

연두빛 이파리 속에 숨어
동그랗게 웃던, 겨우 콩알만 한 게
토담 아래서 몇 포기
수줍게 살금살금 손을 내밀기도 하고
강물 옆 원두막 아래 너른 밭에서
시원하게 강물 마시며 자라다가
풀벌레 포르륵 날아가는 발길에 차여
잎사귀 뒤집어지면
해 기우는 여름날의 보름달보다도 환하게
둥실 떠오르는 선명한 초록 무늬
우리들의 작은 가슴을 달콤하게, 빨갛게
물들였지

오리에 대한 단상

풍경 1

투명한 물속에서
맹렬히 움직이는 물갈퀴 발가락의
고단함은 잠시 접어두고,
봄날의 공지천에 목련 꽃잎처럼 떠
무심히 흐르는 작은 신선들
그 도도함에 눈길을 준다.

풍경 2

여름날 네덜란드 작은 연못가
과자 향기에 모여든 흰 오리떼
먹거나 혹은 못 먹었거나
종종종 주변을 서성거릴 뿐인데
'향기만 뿌렸다'고 강력히 항의하는
한 마리 별난 오리에게
오래도록 마음을 준다.

4부
길 위에서

저 산 너머로

–김수환 추기경님

물안개가 나지막이 강물 위로 퍼질 때는 물길 따라, 노을이 저무는 산자락까지 내려올 때는 산길 따라, 이 마을 저 마을로 떠도는 옹기등짐장수, 장돌뱅이는 병이 들어 길지 않은 생을 마감하고 천주님 부름을 따라갔구나. 그 가난한 옹기장수가 사는 마을에도 한여름 들풀은 푸르렀으나, 붉은 꽃 흰 꽃, 상여도 없이 제가 지던 지게에 실려 옹색하게 떠나던 날에는 억새풀도 바람 따라 누웠다 울었다 하고, 시름겨운 막내아들 곁에 가을이 긴 그림자로 따라가고 있었다.

가난한 옹기장수의 막내아들로, 천주님 신앙으로 순교한 선비의 어진 손자로 이 세상에 온, 냉이꽃 같은 소년, 인삼장수가 꿈이었던 그 순결한 마음에 언제 파랑새가 날아온 것일까. 보리 이삭이 황금빛으로 익어 까칠한 수염을 도도하게 나부끼던 보리밭 한가운데, 엄마 허리춤에 묻어가던 저녁 무렵이었을까. 신부님 앞에서 자신의 마음에 떨어진 소명의 씨앗이 무엇인지 수줍게 여쭙던 때였을까. 행상 나간 엄마를 기다리며 옹기항아리 안에서 잠이 들어 허옇게 갈라진 사막 같은 논바닥에 씨앗을 묻던 꿈속에서였을까. 이슥고 푸른 산 너머

마을로 파랑새를 찾아 떠나는 소년을, 동구 밖 키 큰 나무 한 그루가 오래도록 굽어보고 있었다.

금붕어

열린 창으로
푸른 하늘이 시원하게 들어와 앉은
카페는 고향처럼 아늑하나
좁은 어항 속에서
낮은 숨을 몰아쉬는 금붕어 두 마리
고향의 느릅나무 위
머리 붉은 작은 새의 푸른 노래를
영영 잊지 못한다.
헤엄이랄 것도 없는 몸짓에
빗살무늬 아침 햇살이 쏟아져도
금붕어, 입을 모으고
유리벽에 부딪쳐 꼬리를 구부리고 돌아설 때
어젯밤 꿈에 본
창밖 하늘보다 푸르렀던 동쪽 바다로
지느러미 힘차게 헤엄쳐가는 상상을 한다.
잠시 날개를 달고
하늘로 솟아오르기도 한다.
금붕어의 상상을 상상하면서
카페에 앉아 있는 나는
어느새 금붕어가 되어
가슴뼈 안쪽에 푸른 물이 고인다.

여의도 소방서의 까치

소방대원 아저씨가
둥지에서 떨어져 떨고 있던
까치 한 마리 길렀대요.

포로롱포로롱 날아다니다
컴퓨터 자판도 두드려보고……

소방대원 아저씨들 발끝에 바짝 붙어
사열 받는 것을 가장 좋아한대요.

어딘가로 날아가 잠자다 온 아침에는
톡톡톡 창문을 두드리고요.

그래도 우리는
까치의 마음을 알고 있어요.

까치의 고향은 푸른 하늘이고
푸른 숲이라는 것을

언젠가는 돌아가야 한다는 것을.

진달래 핀 봄날에

솔잎 쌓인 산길에
드문드문 진달래, 봄빛 아른거린다
어떤 것은 옅어서 흰 빛인 듯하고
어떤 것은 보랏빛 향마저 살짝 풍기고
산중턱에 나란히 앉아
봄볕도 나란히 쬐었건만
한 아이는 여러 송이 만개한 꽃잎을 달고
또, 한 아이 햇솜처럼 부드러운 꽃순
필까말까 망설이고 있구나
듣고 보면 산새도 제각각 울고
나무들의 몸 빛깔도 각기 다르고
우리네 삶도 이러하리니
바삐 가던 발길 멈추고,
어느 날엔 잠시 쉬어 가리라

봄 풍경

강원도 춘천에서
눈 먼 화가가
전시회를 열었습니다

'눈이 먼 화가라고요?'
시골 화가는 전설이 되고
소문은 바람을 탔습니다

한 때는 눈이 밝았었는데,

화실 안에 연필 냄새는
여전히 향긋했습니다

실오라기로 선을 더듬고
물감을 풀어 기억을 더듬었습니다

상처에 새살이 돋고
목숨은 깊어졌습니다

윤곽선은 비뚤어도
오솔길 위에, 지붕 위에
우리들의 마음에 불을 밝히는

봄 풍경이었습니다

가벼움에 대하여

민들레꽃 위에 흰 나비가 종잇장처럼 팔랑입니다.
무거운 몸을 벗어 던져 비로소 나비가 된 그는
잔디밭 위로, 새순 돋는 나무 사이로 날아다닙니다.
겨울바람에 얼어붙었던 대기도 봄 햇살에 잘게 부서집니다.
꽃 향은 부서진 공기를 타고 사방에 흩어지고
하늘에는 뭉게구름이 떠 있습니다.

봄볕에 까무룩 졸다, 민들레 홀씨가 되어 날아갈 수 있을까요.

봄이 가네

목련 꽃잎 툭 떨어지고
개나리꽃 점점이 흩어지고
벚꽃마저 후두둑 날리면

봄이 가네,

연푸른 순을 남기고
향기만 사방에 남기고

여름밤

예전에는 여름밤이 좋았다.
뜨거운 태양이 서산을 넘으면
어떤 때는 실바람도 불고
멍석에는 방금 찐 옥수수가 김을 올리고
그 곁에 누우면
하늘에는 무수한 별들이 반짝이고
마당에는, 쬐그만 별빛을 물고
반딧불이도 날았다.

이제 이곳은 도시
반딧불이도 별들도 숨어버리고
군데군데 아파트 불빛과 가로등만이
나와 함께 어둠을 바라본다.

에드워드 호퍼의 그림

'밤을 지새우는 사람들'* 은
겨울날의 메마른 나뭇가지를 닮았구나
뉴욕 간이식당에 모여 앉아 있어도
각기 다른 곳을 바라보는
사무치게 텅 빈, 길 잃은 시선으로
단단한 슬픔을 뭉툭하게 문지른다.

'바다를 바라보는 소년'* 속에
유배되어 있는, 너무나 작은 어린 날의 자화상
계절을 알 수 없는 빈 바다, 하늘 아래
두 손 모아 뒷짐 지고 다만 홀로 서 있는데
고개 숙인 그늘이 내려앉고
거기 숨어 있던, 뉴욕에 모인 사람들은
여전히 아무도 바라보지 않는다.

* 에드워드 호퍼의 그림

길을 잃어버렸을 때

가끔 죽림동성당에 간다
거기, 두 팔 벌린 예수님
고즈넉이 귀 기울이는 예수님이 계시다
길 잃은 마음을 풀밭에 내려놓으면
먼 데 푸른 하늘이 다가오고
투명한 공기마저 성스럽다
'이상이 내 삶을 인도하는 별'이라 했는데
이상을 품고 죽림동성당을 내려오는 언덕에
가을빛이 가득했다

이 또한 지나가리라

어제는 여름날이 푸르더니
오늘 아침 뜨락에 시든 풀잎에
뽀얗게 내려앉은 무서리가 서늘하다
마음에 금이 가서
길을 잃고 서성이며
나는 멈춰 있어도
가까운 거리에, 들에, 또 먼 산에
나뭇잎 사이사이 단풍들며 지나가는 바람
낙엽 지는 늦가을의 풍광
인생은 상실의 연속인 것을
오래 머물며 얼룩지는 마음에
늦가을 오후의 햇살이
말갛게 스며든다

가을

느티나무 등에서
온종일 노래하던 매미가
뜨거운 목청을 잃고,
여기저기 떨어져 누우면
문득 가을이 온다

바람이 먼저 오고
먼저 온 바람에
정화수처럼 정갈해져서
나는 기도하는 마음이 된다

늦여름이 나눠주는 햇살과 빗물에
오곡과 과실이 잘 익어가기를

나뭇잎이 제 빛깔을 찾아가듯이
길을 잃었던 이는 길을 찾게 되기를

지난 여름 혹시라도
빈 터에 버려진 이가 있었다면
둥지를 만들어 풍요롭고 편안하게 되기를

가을에는 정갈해져서

사랑하는 이들을 위하여
저절로 기도하는 마음이 된다

첫눈

가랑비보다도 가볍게
유리문 두드리는 숨결에
창밖을 내다보았더니
온 세상이 사금파리 반짝이듯
소리 없는 소리를 지르고,

마음은 목화솜처럼 환해지네

그 시절도 그렇게
오랜 시간 뒤에 슬그머니
손 닿을 거리에 다가왔었지
낮에는, 미루나무 꼭대기에 앉아 있는
작은 새가 되어 노래 부르고
밤에는 골목골목 등불 아래로
우리도 등불 되어 떠돌았었지

오늘, 첫눈 내리듯이
젊은 날의 우리들 이야기가
기억 속에 가만가만 내려 쌓이네

겨울 산에서

묵상하는 나무들, 수도승인가
가지런히 서 있는 사잇길로 겨울 산에 오른다
싸락눈 점점이 날리며
나무들 빈 어깨에 내려앉아 고요함을 더하는데
문득 들리는 계곡 물소리, 살얼음 틈새로 흘러가고
작은 새, 가파른 목청으로 드문드문 정적을 깨뜨린다
멀리 절 지붕 끝자락 흰 구름처럼
세속에서 품은 모든 번뇌, 인연도 희미해지고
우리 모두 세상사 털어버린 나목이 된다

수묵화 전시회

모든 것이 심심해 보였다
빛깔도 모양도
둘러보는 관중도 몇 안 되고
화가는 무심히 앉아
도록을 넘기고 있었다.

먹물이 스며들어
여러 겹의 빛깔로 번졌으나
여전히 검고 흰
잎을 모두 떨군 겨울나무나
그림 가운데 홀로 놓인 의자는
쓸쓸했고,

회색 도자기 위에
점점이 흩어진 연붉은 꽃마저
길을 찾는 수행자의 뒷모습처럼
적막했다.

그 해 겨울을 건너

그 해 겨울은 길고
들판에 버려진 우물처럼 좁고 어두웠으나
기다림에도 끝은 있어, 어느 날 문 밖을 나서니
엄지손톱만 한 풀꽃들이
비 온 뒤에 작은 버섯 돋아나듯이 무성하고
교회 종탑까지 내려와 앉아 있던 하늘은 멀리 물러나
흰 구름과 놀고 있었다

눈 오는 날이면 경계를 알 수 없이 길이 사라져,
마음은 성에 낀 창문을 넘어 바다를 건너
살얼음 갈라지듯 투명하게 열리던 고향의 겨울로 달아나
삭정이 매달린 우듬지에서 노래 부르던 작은 새를 만나고,
은하수 같은 새털구름도 만나곤 했었는데

마침내 그 고장에도 실바람을 타고
솜털처럼 호롱불처럼 봄이 오고 있었다

길 위에서

거진 항구에서 화진포로
우리는 철새처럼 가고 있는데
포구에 머무는 어부들은
텃새의 아침처럼 분주하다

바위 위에 바위 같은 가마우지
자맥질하여 물보라를 일으키고
불 꺼진 가로등 위에 새 한 마리
작은 불빛처럼 길을 내려다본다

잎을 떨구고, 떨고 있는 벚나무 곁에
솔숲은 수묵화처럼 검푸른 겨울인데
긴 다리 건너가며 뒤돌아보면
삶은 길처럼 이어져 평온하다

바닷마을 카페에서는 커피를 끓이고
우리는 커피 향이 풍기는 사소한 일상에
위로받으며 안도하며
걸었던 길을 되돌아 집으로 간다

동심으로 돌아본 세상

복거일(시인)

시를 쓰려면, 어른이 되어도 마음 한구석엔 어린이를 품고 있어야 한다는 얘기가 있다. 언제 처음 들었는지, 누가 처음 했는지, 이제는 기억에 없지만, 시나 시인을 생각할 때면 가끔 떠오르는 얘기다.

여기서 시인은 '예술가'를 대표한다고 볼 수도 있다. 마음 한구석에 동심을 품어야, 예술 작품을 낳을 수 있다. 아마도 그래서 예술가들이 흔히 어수룩한 면을 지녔는지도 모른다. 마음에 어린이를 품은 것은 경쟁이 극심해서 잠시도 마음의 끈을 늦출 수 없는 분야에서 살아가는 데 도움이 되지 않는다. 실제로, 토머스 스턴즈 엘리어트는 존 던과 코울리지에 대해서 "뮤즈의 황홀한 자태를 엿보지 않았으면" 세속적으로 성공했을 사람들이라고 평했다.

나이 들어서 시를 쓰는 것은 그래서 성취다. 시들의 문학

적 수준이 얼마나 높은가 따지는 것은 다음 일이다. 일단 시를 쓴다는 것이, 평생 세파에 시달리면서도 마음 한쪽에 동심을 지녀왔다는 것이, 언뜻 생각하기보다는 알찬 성취다. 내 생각이 그러하므로, 나는 나이 들어 시를 쓰는 사람들을 만나면, 아는 사람들에게선 그들의 행적에서, 모르는 사람들에게선 그들의 작품들에서 동심을 찾곤 한다.

시를 쓰는 것을 넘어 자신을 시인으로 규정하는 행위는 당사자에겐 중요한 뜻을 지닌다. 그것은 세상을 바라보고 대하는 자신의 태도를 천명하는 행위다. 그것은 비교적(秘敎的) 특질이 살짝 어린 경험이다. 윤경옥은 이 점을 잘 인식한 듯하다.

민들레 노란 꽃이 사방에 피어
밤길 환한 봄밤이거나
달빛이 더욱 푸르고
귀뚜라미 오래도록 우는 가을 저녁이거나
멀리서 '보리밭' 노랫소리 유장하면
그건 나의 아버지
그가 시인이나 소설가가 되었더라면.

'보리밭 사잇길'이 아니라
작고 낮은 집들이 겸손하게 엎드린

골목길을 슬쩍 휘청이며 걸어오시는데
우리는 맑으면서 우렁우렁한 노랫소리가
골목을 울리는 게 부끄러워 몸을 숨기고
일장춘몽의 한세상
아득한 꽃향기 같았던 아버지

포로수용소 담 밑에도 제비꽃,
가끔 그의 기억 속에 돋아나고
세월은 창문 너머로 지나갔는데
외줄 타듯 고단했던 짧은 생을 건너
아버지, 어디로 가셨을까
오늘 밤에도 별 하나가
우리를 내려다본다

〈아버지〉 전문

돌아가신 부모를 그리워하는 시들은 나이든 사람의 가슴에 깊이 스민다. 자식 키워 보고서야 부모 마음을 알게 되고 무엇을 해드리기에도 너무 늦었다는 회한이 아리게 인다. 특히 가난하고 힘이 없던 자신의 부모를 부끄러워했던 기억을 떠올리고 그랬던 자신을 부끄러워하게 된다.

시인은 "외줄 타듯 고단했던" 아버지가 "시인이나 소설가가 되었더라면" 하고 아쉬워한다. 고생한 부모를 생각하면,

고생 덜하고 좀 여유 있는 삶을 누렸기를 바라는 것이 상정인데, 그녀는 "맑으면서도 우렁우렁한 노랫소리"를 골목에 울리던 아버지가 가난할 수밖에 없는 시인이나 소설가가 되기를 바라는 것이다. 이것이 선언이 아니라면, 이 세상을 살아가는 태도에 관한 선언이 아니라면, 무엇인가?

그래서 이 시집에 실린 작품들은 모두 나이 지긋한 시인이 동심으로 바라본 세상의 모습이다. 어린이의 눈으로 보고 어린이의 가슴으로 느껴서, 일어난 시심을 주로 풍경에 투사했다. 좋은 안내자를 따라 고적을 탐사하는 듯한 느낌이 든다.

맨 먼저 만나는 작품은 아버지의 기억을 담은 시다. 자연스럽다고 할까? 필연적이라고 할까?

> 엄마에게
> 야단맞은 날
>
> 나는
> 철이네 굴뚝 옆에 숨는다.
>
> 아궁이의 따스한 불빛
>
> 하늘에 별이 총총하도록
> 엄마는 나를 찾지 못한다.

언제나 나를 찾는 술래는
일 마치고 돌아온 아버지

하늘의 별빛보다
아궁이 불빛보다 더 따스한
술래가 된
우리 아버지.

〈술래잡기〉 전문

아버지의 기억 다음엔 첫사랑의 기억이다. 문득 마음이 팽팽하게 당겨진다.

선생님이
출석을 부를 때
아이들 이름이 작은 활자가 되어
눈앞에 팔랑팔랑 날아다닌다.

선생님이
그 아이 이름을 부를 때
갑자기 그 애 이름은
크고 진한 고딕체가 되어
둥실 떠오른다.

순간 가슴이 졸아든다.
내가 본 것을, 내 마음을
남들도 보았을까봐.

〈그 아이, 첫사랑〉 전문

시구의 발꿈치에 탄력이 느껴져서, 다시 읽어본다. 어린 소녀의 마음에 움튼 첫사랑이 풀섶의 꽃처럼 다가온다.

시인의 목청은 높지 않다. 표제시 〈우리는 모두 무엇인가 되고 싶다〉는 시인의 희망을 직설적으로 담아냈는데, 나직한 목청 덕분에 담긴 뜻이 잘 들어온다.

우리는 모두 왜 살고 있는지 알고 싶다.
어디서 와서 어디로 가고 있는지 알고 싶다.
마침내 어떻게 살아가야 할까를 생각한다.
'내가 되고 싶은 나'는 무엇일까 생각한다.
우리는 모두 무엇인가 되고 싶다.
때로는 내가 있어야 할 자리에 심겨진 나무가 되고 싶다.
그 자리에서 봄, 여름, 가을, 겨울을 바라보고 싶다.
때로는 그 나뭇가지에 앉아 있는 작은 철새가 되고 싶다.

우리 모두, 우리 마음의 소리에 귀 기울여보라.
우리는 모두 무엇인가 되고 싶다.

글을 여러 편 모아 책을 낼 때는, 시집이든 소설집이든 수필집이든, 맨 처음에 가장 자신이 있는 작품을 배치하고 마지막에 다음 가는 작품을 배치하는 것이 일반적이다. 시인은 평생 중학교에서 학생들을 가르쳤다. 마지막 작품인 〈길 위에서〉를 읽으면, 고적을 찾은 수학여행을 끝내고 학생들을 무사히 학교로 데리고 와서 안도의 한숨을 쉬는 선생님의 모습이 떠올라, 내 얼굴에도 미소가 앉는 것을 느낀다.

거진 항구에서 화진포로
우리는 철새처럼 가고 있는데
포구에 머무는 어부들은
텃새의 아침처럼 분주하다

바위 위에 바위 같은 가마우지
자맥질하여 물보라를 일으키고
불 꺼진 가로등 위에 새 한 마리
작은 불빛처럼 길을 내려다본다

잎을 떨구고, 떨고 있는 벚나무 곁에
솔숲은 수묵화처럼 검푸른 겨울인데

긴 다리 건너가며 뒤돌아보면
삶은 길처럼 이어져 평온하다

바닷마을 카페에서는 커피를 끓이고
우리는 커피 향이 풍기는 사소한 일상에
위로받으며 안도하며
걸었던 길을 되돌아 집으로 간다

입단대회에 나갈 때는 실력이 비슷했던 아마추어 기사들이 었는데, 입단해서 직업기사가 된 친구는 갑자기 바둑 실력이 는다고 한다. 거의 모든 분야들에서 그런 현상이 나온다. 시집을 내면, 시인 대접을 받고 본인의 문학적 자세도 원숙해질 것이다. 시인의 다음 시집에 기대를 걸어본다.

우리는 모두 무엇인가 되고 싶다

초판 1쇄 인쇄 2020년 8월 25일
1쇄 발행 2020년 8월 30일

지은이 | 윤경옥

펴낸곳 | 북앤피플
대 표 | 김진술
펴낸이 | 김혜숙
디자인 | 박원섭
마케팅 | 박광규

등 록 | 제2016-000006호(2012. 4. 13)
주 소 | 서울시 송파구 성내천로37길 37, 112-302
전 화 | 02-2277-0220
팩 스 | 02-2277-0280
이메일 | jujucc@naver.com

ISBN 978-89-97871-49-0 03810

잘못된 책은 구입처에서 바꾸어 드립니다.
값은 표지 뒤에 있습니다.